ちょっと方向を変えてみる

七転び八起きのぼくから154のエール

辻 仁成

文春新書

1354

まえがき「ままならない一生に寄り添う言葉」

　生き難い人生だが、逆を言えば、生き易い人生というものはない。60年以上、この世で生きてきたけれど、人生はまこと、山あり谷ありの連続で、山があるならまだしも谷が延々と続くこともあり、思えば、そういうぼくを支えてくれたのは、考えさせられたのは、時には導いてくれたり、目を覚まさせてくれたのは、まさに「言葉」であった。

　詩や小説以外で、ぼくの言葉の発露となったのはツイッターである。その時、パリで暮らしだして10年ほどが過ぎていた。日本の状況が分からず、望郷の念にもかられて、47都道府県の任意の47人をフォローさせてもらい、はじめたツイッター。その人たちから日本の「今」を情報収集していたのだけど、ツイートしだして間もない頃、不意に47人全員が「地震だ」と呟いた。２０１１年3月11日の東日本大震災であった。

　ところが海外にいるので何もすることが出来ない。ボランティアにさえ行けない。家にテレビがなかったので慌《あわ》ててテレビを買いに行き、電気屋に並ぶテレビの画面に映し出される無数の津波を前に、涙を流した。自分に何が出来るだろうと思って、朝と夜に、短い言葉で人々のささくれだった心を慰《なぐさ》められないかと、連日、ツイートをはじめた。「とんとんとん」という寝る前の「おまじない」（?）もその後にはじまっている。「今日を精一杯生きたろう」という朝礼のようなやや煩いメッセージも、日々を乗り越えるのに必要な気合いであった。もちろん、それらは同時に、自分自身へ向けられてもいた。その短文発信は２０２２年の今日まで、休むことなく、毎日、10年以上続いている。

　１万キロ離れた祖国の皆さんにエールを送っていたはずのツイッターという場所だったが、離婚後、シングルファザーになり、当時小学生だった息子と二人で生きなければならなくなった時、今度は逆に、フォロワーの皆さんに、励まされるようになった。子育ての方法を教えてもらったり、主夫の辛さの愚痴を聞いてもらえたり、そこがぼくの癒《いや》しの広場になっていく。その後、発信の主体は、デザインストーリーズというウェブサイトへ移行することになるのだが、すべての始まりは１４０字のツイートであった。

　本書におさめられた言葉は、ここ3年くらいの間、ぼくが呟いてきたもの。極めてシンプルな日本語がここに集結している。しかし、読み返してみて、ページをめくるたびに、自分自身がその言葉に励まされて、日々を乗り切っていたことをも、思い出すことが出来た。本書の魅力をあげるならば、筆者自身が忘れてしまうほど、日々の何気ない感情の発露がここに、軒下《のきした》のつららのように濡れ光っている、ということじゃないか。いずれ、溶けて消えていくような言葉たちかもしれないが、その光を見つけた方々の心に永遠に残る輝きを残せれば、と思う。

ちょっと方向を変えてみる
七転び八起きのぼくから154のエール

◉目次

まえがき「ままならない一生に寄り添う言葉」 3

第1章 一日の始まりに 17

1 今日はいい日
2 クロワッサンを買いに
3 今日のささやかな目標
4 自分の機嫌を良くする
5 ぜんぶ自分で決める
6 少しだけ前進しよう
7 もしも、今日、苦しくなったら
8 やりたいことは、今すぐやる
9 天下とっても二合半！
10 楽しい計画を
11 毎日父ちゃんが悩んでいること
12 自分を慈しむ日
13 つまんない日もあるさ
14 可愛い世界を見つけてみよう
15 あー、幸せ
16 最高に愉快な一日に！

Résumé ❶【みるみる10ヶ条】

第2章 ストレスに苦しむあなたに

1 少し休みましょう
2 苦しい時は、キッチンへ
3 体調がちょっと悪いなぁと思う時に試してほしいこと
4 今日は今日で終わらせる
5 近づかない
6 気にしない 気にしない
7 「とんとんとん」の秘密
8 そんなときもあるさ
9 過去に振り回されない
10 出来るだけ好きなことを
11 自分の底力
12 急がば回れ
13 真夜中の3時半
14 真のリーダー
15 みんな違う
16 ヘルメット頭
17 匿名からの批判
18 フランス人のタブー
19 自分にご褒美!
20 逃げ道を作る
21 ネガティブになる日

第3章 真の友人がほしいあなたに

22 切り替え
23 他人に言われたこと
24 完璧主義をやめてみる
25 し過ぎない
26 胸を張っていこう
27 充実させる
28 人格を否定する人からは離れて！
29 いいんだよ、それで
30 明日は明日の風がふく
31 自分を守るために
32 追い込まない
33 笑えたらいいね
34 小さな夢を一つ持つ
35 まずは自分！
36 なんとかなるんだから

Résumé ❷ 【よく寝るために心がける10のこと】

1 人生の財産は友だち
2 人間関係の選択
3 YouTubeライブ
4 お互いの個性を大事に
5 人間関係の見直し
6 友だち
7 あなたにとって大事な人
8 一緒にいると楽しくなる人
9 うるさいけど、いないと寂しい
10 相手が豹変したら
11 ださいなぁと思う人
12 たまには弱音を吐きましょう
13 支えあっていこう
14 悩むのは、優しい証拠
15 意外と味方はいる！
16 敵を生むのは常に自分
17 ある日、世界が緑に包まれて
18 運気を上げる
19 味方の言葉
20 いつも好奇心を
21 恩を愛で返せる人に
22 犠牲を強いない
23 普通が一番！
24 憎しみより感謝で生きようよ

Résumé
❸ 【ありがとうの10の法則】

第4章 85歳の母さんから贈られた大事な言葉 105

1 死ぬまで生きなさい

2 母さんが若い頃のぼくに言い続けた名言

3 母さんが教えてくれた大事なこと①

4 母さんが教えてくれた大事なこと②

5 優しさを忘れたらいかん

6 小さな幸せを喜びなさい

7 腹が立つなら、寝なさい

8 それは誰の人生か？

Résumé ❹ **【母さんがぼくに教えてくれた大事な10のこと】**

第5章 父ちゃんから息子へ贈る言葉 117

1 ぼくと息子
2 子育てで一番大事にしてきたこと
3 心配するな、大丈夫
4 父ちゃんの子育ての基本
5 息子との年齢差
6 キッチンは裏切らない
7 夢を、諦めない
8 言葉がけは大事だよ
9 幸せとは何か？
10 奇跡
11 「みんな」なんて幻
12 相手の人格は否定しちゃダメ
13 受験生の親御さんへ
14 失敗は大きなチャンス！

15 息子の叱り方
16 真に受けない
17 親は子を想っているんだよ
18 バアちゃんの教え
19 待っちゃダメ
20 悪口には近づかない
21 一生懸命、子育てしてるけど……
22 いつものように
23 告げ口に注意！
24 立ち上がる時は
25 その時を逃すな
26 毎日生きるということ

Résumé ❺ 【父ちゃんからのススメ 8つのポジティブ】

第*6*章

父ちゃんの座右の銘「誰の人生だよ」

1 空を見上げよう
2 新しい気持ちで出発！
3 前向きな口癖
4 まず、君が幸せになろうね
5 父ちゃんの小さな生き甲斐
6 父ちゃんがよく呟く10の言葉
7 とほほ……
8 また寝られない午前4時
9 期待すんな、固執すんな
10 よく考えてやめるときは
11 変わり者
12 もしも選ぶなら？
13 今この瞬間を生きたろう
14 誰の人生だよ
15 スルーの10ヶ条
16 ケセラセラで行こう！
17 自分を好きになることから始めよう
18 人生、ガス抜きしながら
19 幸せになる権利
20 小さな小さな幸せ

21 命かけなきゃならないもの
なんかない！
22 生き難いと感じたら
23 自分で解決してみる
24 必要最低限と必要最大限
25 誇り高く生きる
26 不安だから、頑張れる
27 やる木を植える会
28 やる木を植える会、10の入会条件
29 一歩、一歩
30 コツコツ亀さん
31 状況を良くする方法
32 ストレスは、カプチーノで
33 今日を乗り越えていこう
34 個性とは何か？
35 せっかくですから
36 見ている人は見ている
37 バカにした人への最高の復讐方法
38 あなたへ贈りたい言葉
Résumé ❻ **【生きてください　7つのお願い】**
あとがきにかえて「本書の活用方法」 188

カバー・本文イラスト
大高郁子
本文写真
辻 仁成
カバー・本文デザイン
征矢 武

第1章

Message de Hitonari

一日の始まりに

1

今日はいい日

ぼくは朝から昼までの間に小さくてもいいから
何かいいことが起きたら、それを摑《つか》まえ離さず
今日をいい日と決めつけて乗り越えていくようにしています。
今日はいい日だ、と決めつけてください。
気分が上がれば運気もつられて上がります。
思い込み、大事だね！
おはよう、今日を精一杯生きたろう。

2

クロワッサンを買いに

朝、早起きして、パンを買いに行く。
ただ、それだけのことだが、その道すがら、
ぼくは人生を学び、人生を味わい、
人生に感謝している……。
そして、世界一美味しいクロワッサンを買うのだ。

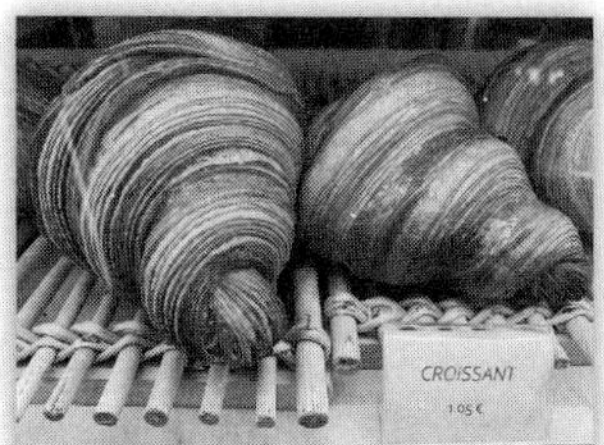

3

今日のささやかな目標

信じあうこと
許しあうこと
褒《ほ》めあうこと
認めあうこと
話しあうこと
助けあうこと
慰めあうこと
譲りあうこと
分けあうこと
愛しあうこと
生きあうこと

4

自分の機嫌を良くする

機嫌の良い悪いで人間はその日を台無しにしたり最高にしたりする。
ならば他人の機嫌ばかり伺うより、
自分で自分の機嫌をコントロールできるようになるといいよね。
だって機嫌が良くなれば絶対一日が上向きになるし、
そうなれば運気も上がるし、最高じゃんね。

5

ぜんぶ自分で決める

希望も、自由も、幸せも、楽しい人生も、豊かな一生も、ぜんぶ他人が決めることじゃないよね。

ぜんぶ自分で決めること、自分が結局決めてることだから、自分が良しと思うかどうか、自分が納得するかどうかなのだ。

今日を自分でがんがん決めていこう。

6

少しだけ前進しよう

なくしたら、また、探せばいい。
壊したら、また、創造すればいい。
昨日、うまくいかなかったとしても、
今日があるし、明日だってある。
失敗したら、もう一度頑張ればいいだけのこと。
さてと、へこたれないで、今日も少しだけ前進しようじゃないか。

7

もしも、今日、苦しくなったら

もしも、今日、苦しくなったら
一緒にいると落ち着く人を頼ってみて。
頼るというより、いるだけでたぶん、
落ち着く人、笑顔になれる人、安心する人、
そういう人のそばにちょっと立ち寄ったらいいね。
なんとなく、一緒にいて楽になることができる人のそばに。
今日は支え合って生きたろう。

8

やりたいことは、今すぐやる

一生って意外と短い上にやり直せないし、
一生って波瀾万丈《はらんばんじょう》な上に一度しかないのだ。
ならば、くよくよしてる暇はないし、ぐずぐず悩んでる暇もない。
常にやるなら今だ。
これだと思うことを今すぐやってやろう。
後悔先に立たず！

9

天下とっても二合半！

「起きて半畳《はんじょう》寝て一畳《いちじょう》、天下とっても二合半」が父ちゃんの信条。

畳半分あれば座れるし、寝ても一畳あれば充分、

大成功しても一日に食べられるのはせいぜい二合半の米だよね。

逆を言えば、それだけあれば人間生きていけるんだっちゅうことで、

起きて半畳寝て一畳、天下とっても二合半！

10

楽しい計画を

辛い毎日なら、そこから抜け出せるような
楽しい計画立てられたらいいんだよね。
或いは明日は美味しいもの食べてやるぞと計画立てたらいいね。
今が辛い時にこそ、楽しい計画が今を励ましてくれる。
懐かしい仲間たちに連絡して会う約束したらいい。
自分を盛り上げていこう！

11

毎日父ちゃんが悩んでいること

日々、献立に、頭を悩ませている父ちゃん。
しかし、日々の献立は、
今日を、または、日常を支える大黒柱なり。
父ちゃんは今日も献立で悩んでいる……。

12

自分を慈《いつく》しむ日

今日は自分を大事にしたらいいね。
自分を慈しむ日だ。
いつも他人にばかり気を使って、くたくたになって、
そろそろ自分のために生きてもいいね。
よし、今日は思い切って自分を大事にする日にしよう。
無理したらいけん。
自分らしくないことしなくていい日だ。

13

つまんない日もあるさ

今日はちょっと一人が寂しいな、と久しぶりに思った。
ま、そんな日もあるかな。
息子は一日中誰かと喋ってる。父ちゃんには黙ってる。
日本は朝だね。フランスは夜なんだよ。
な〜んも予定なし、お誘いもなし。
つまんないなぁ、笑。
ま、そんな日もあるさ。
でもそんな日を精一杯生きたろう。

14

可愛い世界を見つけてみよう

いまね、この子と通信中。
かなり、こっちを意識してきた。笑。
世界はギスギスしているけれど、
心の持ちようでどうにでもなるね。
可愛い世界を見つけて和んでいきましょう。
まだ、先は長いよ、のんびり行こか。

15

あー、幸せ

「あー、幸せ」と口をついて出る時の、あー、は実感なんだと思う。
美味しいごはんと味噌汁頂く瞬間なんかに感じる
「あー、幸せ」みたいなささやかな幸福がね、
今日もたくさんあなたに降り注ぎますように。
不幸から遠ざかって、実感できる幸せに近づこうよ。
一杯の赤だしが飲みたい朝！

16

最高に愉快な一日に！

今日は昨日よりも自分を少し肯定して生きたろう。
自分を否定したり卑下《ひげ》するのは一切捨てたろう。
自分最高だ、ぐらいの気持ちでおおらかに生きよう。
根拠がなくても前向きでいこう。
苦しみを笑顔にかえて、今日を最高に愉快な一日にしてみせよう。

Résumé
1

みるみる10ヶ条

1　ちょっと謙虚に向き合ってみる

2　人の話に耳を傾けてみる

3　俺が俺が、をやめてみる

4　和をもってよしとしてみる

5　最後に握手してみる

6　いい日だな、と自分に言い聞かせてみる

7　笑みを浮かべてみる

8　ありがとう、と皆に言ってみる

9　ベスト尽くしてやってみる

10　精一杯生きてみるみる

第2章

Message de Hitonari

ストレスに苦しむあなたに

1

少し休みましょう

最初に、無理は禁物です
次に、落ち着いてください
そして、考え過ぎず、また、一切気をつかわず、
できれば、少し休んでほしいし、
とりあえず、今は忘れて、
一度、諦《あきら》めてみるのも手で、
あんまり、思い詰めないで、
まずは、気楽に生きましょう
最後に一言、自分に優しくしてください

2

苦しい時は、キッチンへ

苦しい時、父ちゃんはキッチンに行きます。
そしておしんこを作ったり、
肉や魚を煮込んだり、漬けたり、
料理に向き合うのです。
丁寧に生きることの
あらゆる基本がキッチンにはあります。
筋トレやランニングに負けない
父ちゃんのキッチン健康術！

3

体調がちょっと悪いなぁと思う時に試してほしいこと

まず、コップ一杯の水を飲む
いいからとりあえず横になる
余計なことは余計だから考えない
なにより自分を大切にする
他人のことは一度忘れる
寝られる時にひたすら寝る　ひたすら寝る　ひたすら寝る　ひたすら寝る
起きたらコップ一杯の水を飲む

4

今日は今日で終わらせる

一日一日をきちんと区切っていくと、今日を明日に引きずらずにすみます。
今日は今日、もう終わるから、ここまで、と自分に言い聞かせ、
嫌なこともそこまで、で終了。
明日は新しい日なんだから、また、気持ち一新、一からやればいいね。

5

近づかない

苦しい時は、その相手からちょっと
ソーシャル・ディスタンスとる気持ちで距離保ったらいいね。
無理して近づいたらめんどくさくなるだけ、
ちょっと、ちょっとだけ、離れたら楽だね。

6

気にしない　気にしない

陰口とか聞こえてきても空耳だと思って聞き流していきましょう。
小さなことだから、気にしない気にしない。
それより大事なことは自分らしく生きていくことだからね。
胸張って堂々と前に進めばよかったい。

おやすみ、今日もよく生きました。
また、明日。とんとんとん。
気にしない気にしない、ね。

7

「とんとんとん」の秘密

「とんとんとん」の秘密。
人間の胸の中心に自律神経の森が広がっている。
森はストレスの雪で覆われている。
指先で優しくとんとんとんと叩くと
森に重く降り積もっている雪が振り払われストレスが楽になるよ。
ただし、そっとノックすること。
やってみて。
おやすみ、よく生きました。とんとんとん。

8

そんなときもあるさ

今、父ちゃん、かなり、来てます。
家事ができません。
風呂掃除とか、もう、やりたくないんです。
ゴミ出しとか、諦めかけています。
まだ、ベッドの上でぐうたらしてます。
シングルファザーってなんなんすか？
そんな横文字嫌いです。
今日は出前にしていいすか？

9

過去に振り回されない

思い出し笑いはいいね。でも思い出し怒りはいかんね。
誰かに馬鹿にされた過去が
今の自分の感情を攻撃してきて苦しくなる時があるよね。
いまだ過去に支配されてるってことだから、
心の Delete キーを押して即座に削除する。
嫌な過去は消すのがいい。
過去に振り回されてると現在が損します。
ピッ。終了。

10

出来るだけ好きなことを

あのね、みんな好きに生きたらいいよ、って言うんだけどさ、
それが出来ないから苦しいんだよね。
自由に生きてるように見える父ちゃんだって相当もがいてます。
好きに生きるのは無理だけど、
出来るだけ好きなことやれたらいいよね、くらいで、行こか。
それがいいね。

11

自分の底力

時々、鬱《うつ》っぽくなる。理由が思い当たらない。
頑張り過ぎてんのかも。今日は家事を完全放棄した。
人間だものそんな日もあるよ。
人生ゲームの「一回休み」みたいな今日。
休んでる間に、明けない夜はないし、明日があるし、雨降って地固まるし、
とポジティブな言葉かき集めてる。
自分の底力、信じて寝る。

12

急がば回れ

たぶん、今更、慌てても間に合わないし、慌てたら事故にあう。
たぶん、うろたえても間に合わないし、今更うろたえたら、
初志貫徹できないばかりか人生の道に迷う。
逆にそういう時こそ冷静になりたい。
ぼくはせっかちだから
いつも自分に言い聞かせてる。
「慌てるひとなり貰いが少ない。急がば回れだよ」

13

真夜中の3時半

いま、フランスは真夜中の3時半、
眠れなくて、ぼんやり天井を見ています。
フランス人はみんな寝ているのに、
日本人は起きて動き出しているんだよね、
地球って、でっかいなぁ。
たぶん、ぼくは疲れ過ぎて眠れないんだろう。
スイッチがあると便利だけど。
そのスイッチを思いっきりOFFにして、寝てみたい。

14

真のリーダー

褒め上手な上司だと社員はぐんぐん伸びるんだけど、
否定しかしない組織に未来はない。
お前は無能だ、と口に出して怒鳴る人間のもとで
いったいどんな才能が開花する?
想像できない人は人の上に立っちゃダメ。
その人こそリーダー失格で無能なのだ。
肯定上手なリーダーの下で働こう。
人生が変わります。

15

みんな違う

辛いのは君だけじゃない、とか言われても、
辛さが同じわけないんだから、聞き入れる必要なし。
みんな一緒なんだ、とか言われても、それは違います。
みんな実は違うんだ、が正解です。
だから、今日は十把《じっぱ》一絡《ひとから》げな扱いされても気にせず、
我が道を突き進みましょ。

16

ヘルメット頭

絶不調の時にはいろいろとありますね。
今日、いきなり、断髪式になり、
父ちゃん、ヘルメット頭になりました……。

17

匿名からの批判

ネットとかで、匿名の誰だかわからない人に批判されても
気にしちゃダメだよ。
みんな言いたいこと言う世界だからね。
いちいち気にしてたら身が持たない。
関係ないから、無視しかないよ。
はい、さよなら〜、で済ませて、夜空見上げてください。
宇宙はでかいよねー。

18

フランス人のタブー

フランスでは一般的に
プライベートに他人が首を突っ込むのは
タブーなのだ。
だから、日本的なワイドショーとかもない。

19

自分にご褒美！

ストレスから逃げる事はなかなか難しいので、
ぼくはストレスマックスの時は自分に「ご褒美」を出すようにしてます。
自分頑張ってるな、と思った時は、ご褒美な、と呟き、
息子には内緒で、ちょっと高いケーキ買いに行ったり、
マッサージとか、旅行したり。
その結果、最近はご褒美だらけです。笑。

20

逃げ道を作る

嫌な言い方だけど、どこかに、関係ないわ、を持っておくと楽になります。
生きているといろんな難題が降りかかってくるじゃんね。
でも、人間、全てを抱え、全てに対応していくのは無理だからね、
逃げ道を作っておかないと八方塞《ふさ》がりになるよね。

嫌なものは見ない、聞かない、関わらない。

21

ネガティブになる日

ネガティブになる日も必要です。
父ちゃんも一日に1時間くらいは超ネガティブ人間、
で、1時間半くらいスーパーポジティブになります。
残りは寝てるか食べてます。
ネガティブな自分も許してあげてください。
人間弱くて当たり前だから。

さ、寝ましょうか、明日があるし、おやすみ、とんとんとん。

22

切り替え

嫌なムードや悪いことが続くなら
その負の流れを今すぐ変えなきゃ。
父ちゃんは家の周りを走る。
走って汗かくと停滞していた気分が変わる。
そうすると物事の見方感じ方も変わる。
そうすると運気が上がる。
走った後、身体は喜び、開かれた気分になるよ。
停滞してるならマジ、オススメ。お金かからないし。

23

他人に言われたこと

いちいち何か他人に言われても気にしないで無視してください。
他人というのは自分を棚に上げて言いたい放題、
その時の気分で発します。
それをいちいち真に受けていたら心が持ちませんから、
スルーでお願いします。
あ、これはなるほどな、と思える時は
謙虚に受け止めてもいいかもしれません。

24

完璧主義をやめてみる

自己嫌悪があるのはあなたが完璧主義だからです。

しかし、完璧な人間なんかいません。

高すぎる目標はよくないし、他人と比較するのはやめましょう。

過去の自分より今日の自分を応援しましょう。

ありのままの自分でいいのだ、と考えて、自分を楽にさせてください。

等身大の自分でいいのです。

25

し過ぎない

あんまり、深く考え過ぎない。
あんまり、深刻にとらえ過ぎない。
あんまり、頑張り過ぎない。
あんまり、いい加減に対応しない。
あんまり、真面目にやり過ぎない。
あんまり、中途半端に行動しない。
あんまり、軽々しく引き受けない。
つまり、ほどほどがいいね。

26

胸を張っていこう

まれにみんなに愛される人がいる。
羨ましいくらい愛される人と自分、何が違うんだろう。笑。
でも、嫌われたからと言ってがっかりすることでもない。
みんなに愛されることは簡単じゃないが、
そもそもみんなに愛される必要もないし。
胸を張って歩いてたい。

27

充実させる

充実している時は何言われてもそんなに気にならない。
充実してない時だと周りからの批判や意見が気になって仕方ない。
そっか父ちゃん、充実してないんだな、オッケー、
じゃあ、まずは充実させよう、
と今、自分に言い聞かせているところ、あはは……。

28

人格を否定する人からは離れて！

周りに人格を否定する人間がいるなら即座に離れてください。
離れるのが無理な関係ならバリアーを発動しその人を視界から遮断してください。
あなたを踏み台にして生きる人たちのいいなりになってはいけません。
人間には幸せに生きる権利と自由があります。
それを奪う権利は誰にもありません。

29

いいんだよ、それで

よく生きましたってのはね、
上手に生きたとは違うし、うまく生きたってのとも違う。
不器用だけど精一杯できた、やれることはとりあえずやれた、
成果はわからないけど
踏ん張ってなんとか持ち堪えた、っちゅうことなんだよ。
いいんだよ、それで。

30

明日は明日の風がふく

カモメが上手に風に乗るのを眺めながら、
ぼくもあんな風に上手に
自分の感情をコントロール出来たらなぁと思いました。
怒りや不満や悲しみや苦しみなどに吹き飛ばされないよう
上手に飛べたらなぁ……。
がんばろっ、明日は明日の風がふくのだから。
また明日。

31

自分を守るために

嫌いと思うより苦手と思うと
なんとなく世界の暗い部分から解放された気がします。
あいつは許さないと憎しみ丸出しにするより
自分の人生に関係ない人と思えば怒りも薄れますね。
穏やかな気持ちは自分次第で取り戻せるから、
苦しまないでください。

32

追い込まない

いい人にはなれない、と心の片隅に彫刻刀で彫りつけておくと、楽ですよ。

いい人に見せたいと思う気持ちは必ず自分を追い込むからね。

無理して善人にはなれない自分が一番普通なんだよ。

人助け、とかいう言葉もちょっとねぇ。

出来ることを無理しない範囲でさりげなく。

33

笑えたらいいね

たまに腹の底から笑えたらいいね。
笑うのはいい、本当に笑ってスッキリすると楽になる。
人間、笑えるって凄い特技だね。
笑いに救われる日々です。
ずっと笑ってはいられないけれど、
笑える時が来たら声出して笑いたいなぁ。
笑ったあとは身体が軽くなるよね。
笑顔って自分を優しくさせるよね。させます。

34

小さな夢を一つ持つ

自分には夢がないと決めつけないでください。
夢は見るものだし、夢は作るものであり、
夢は叶うか叶わないかではなく持つべきものだからです。
なんでもいいから小さな夢を一つ持ってください。
それはあなたを生かす灯台のようにあなたの人生を導きます。
自分には夢がある。素晴らしいことです。

35

まずは自分！

自分を褒める
自分を認める
自分を信じる
自分を愛する
自分を労《いた》わる
自分を励ます
自分を喜ばす
自分を見守る
自分を慈しむ
自分を楽しむ！
そして、自分を許そう

36

なんとかなるんだから

人生というのは何が起こるかわからないし、
どんなに準備していてもその通りにはならないし、
なるようにしかならないし、
もっと言えばなんとかなるんだから、
細かなことで頭抱えてコチコチになってミスるのはバカらしいし、
思う存分楽しんでやるのが一番だよね。

Résumé 2

よく寝るために心がける10のこと

1 全身の力を抜き

2 頭を空っぽに

3 後悔も野心も今は捨てて

4 スマホは機内モードに

5 ひたすら無になり

6　灯りを消して瞼《まぶた》を閉じて

7　十分やったと自分を褒めて

8　十分な睡眠時間を確保し

9　これでいいのだ、とバカボンのパパを真似て

10　生かされていることに感謝する

第3章

Message de Hitonari

真の友人がほしいあなたに

1

人生の財産は友だち

人生の財産って友だちだな、と思います。
人間一人じゃ生きていけんもんね。
約束は守り、嘘はつかず、人を利用せず、
大風呂敷は広げず、言い訳もせず、
悪口や噂話はせず、出来ないことを出来ると言わず、
私利私欲に走らず、損得で動かず、涙に脆《もろ》く、
人情にあつく、恩義にあつい、そんな友だちが一人ほしい！

2

人間関係の選択

ぼくらは人間にイライラさせられ、
不愉快にさせられ、裏切られ、利用され、
たまに奈落に突き落とされますが、
同時に、人間に手を差し伸べられ、
どん底から引っ張りあげられ、助けられ、癒され、
支えてくれるのもまた人間です。
穏やかに生きる上で
人間関係の選択を間違わないことが大事です。

3

YouTubeライブ

日本に今は帰ることがちょっとなかなかできないから、
なんか、繋《つな》がれないかなぁ、と思ってたら、
仲間たちがいろいろアイデアをくれて、
YouTubeライブやればいいんですよ、とか、笑、
そんなのぼくみたいなロートルには無理だろ〜。

4

お互いの個性を大事に

人間にはそれぞれいい面がある。
この人はここがいいなぁとか、
あの人はそこが素敵だなぁとか。
バンドとかやるとよくわかる。
それぞれにないものを持った人たちが集まるから
いいグループが生まれるのだ。
お互いの個性を大事に、楽しいセッションをしていこう。

5

人間関係の見直し

時々、自分の周りを冷静に見渡してください。
親しくしている仲間たちはいい人ばかりですか？
そうじゃない人もいて知らず知らずのうちに悪い影響受けていませんか？
優しく思いやりのある仲間たちに囲まれている方が心穏やかに過ごせます。
イライラが収まらないなら人間関係見直しましょう。

6

友だち

裏切らない人
嘘をつかない人
あまり自慢しない人
辛い時に電話しても面倒くさがらないで聞いてくれる人
幸せな時を見抜いてくれる人
察してくれる人
安心感のある人
損得で付き合い方をかえない人
本音で話せる人
愛のある人
そういう人の友だちになりたい

7

あなたにとって大事な人

分かろうとしない人に無駄な労力を使うより、
きちんと向き合ってくれる人に同じ労力傾けた方が百倍疲れませんし、
意味があります。

ちゃんと話を聞いてくれる人は
あなたの存在を認めてくれる大事な人です。
大切にしてください。

8

一緒にいると楽しくなる人

一緒にいるとなんか嬉しく楽しくなる人っていますよね。
とくになんも話さないいんだけど、気が合うひと。
いいよねー。
自分も誰かにとって少しでもなごめる存在になれたらなぁ……。

9

うるさいけど、いないと寂しい

人間に救われ、人間に突き落とされ、
人間に癒され、人間にぼこぼこにされ、
人間に慰められ、人間に馬鹿にされ、
人間に守られ、人間にはめられ、
人間に支えられている。
毎日、結局人間なんだよ。
人間はうるさいけど、人間がいないと寂しいよね。
愛をください。

10

相手が豹変したら

人が変わる瞬間を何度も見てきた。
それが長生きする上で一番嫌なことだった。
最近は豹変する人間がいることを知って強くなりました。
不意に相手が豹変したら、
いたいた、と自分に言い聞かせ静かに立ち去ります。
化けの皮が剥《は》がれてよかったじゃん、さいなら、と思って終わらせます。
くわばらくわばら。

11

ださいなぁと思う人

相手によって話し方が違う人
相手によって話す内容が異なる人
相手によって態度が違う人
相手によっては返事しない奴
相手によってはバカにする人
相手によって攻撃的になる人
相手によって信条消す人
相手によって卑屈になる人
相手によって猫になる人
相手によって顔が変わる人

12

たまには弱音を吐きましょう

一人で背負うには苦しすぎる場合、
たった一人でいいから話を聞いてくれる人がいると救われます。
逆の場合、話を聞いてあげられる存在でいてください。
頼るか頼らないかはあなた次第ですが、
相談出来る誰かがこの世界にいると思うだけで楽になります。
たまには弱音を吐きましょう。大丈夫。

13

支えあっていこう

人の気持ちに寄り添いたい。
泣きそうな人や、我慢している人、一人でいじけてる人とか、
たまに無視できなくなります。
みんな、いろいろあるもんなぁ、と思う気持ちが、
自分をまた励ますことにもなります。
緩やかに支えあって今日を乗り越えていきましょう。
自分だけ幸せになれた人はいません。

14

悩むのは、優しい証拠

人間関係で悩む人はいい人だと思います。
だから、あまり悩まないで、大丈夫。
人間関係って、当たり前のことじゃない？
だから、複雑化させないで、人間同士なんだから、
その関係で悩むのは優しい証拠ですよ。
大丈夫。

15

意外と味方はいる！

意外と味方はいますよ。
敵ばかりだと諦めるのはまだ早いです。
敵を味方にすることも出来るし、
窮地《きゅうち》をチャンスに変えることも出来る。出来ます。
まだ、諦める必要はない。
今日は始まったばかりなんだから、チャンスしかない。
いや、まだまだ希望しかないんです。

16

敵を生むのは常に自分

不必要に嫌われる必要はない
余計なことは絶対言わない
センス合わないのは大問題
卑怯《ひきよう》な人には近づかない
言葉の通じない人を説得しない
「いろいろな人間がいる」で片付ける
自分を良く見せようとしちゃダメ
敵を生むのは常に自分
人類は一家、世界は皆兄弟、ではない
丸い地球のデコボコが好き
一隅を照らす

17

ある日、世界が緑に包まれて

誰かを否定して切り捨てたら
その人が暗くなって不幸になり
不幸にさせたことで自分も辛くなって
気がつくと世界が灰色荒地になった。
誰かをちょっと大切にしてみたら
その人が少し幸せだと言ったので
ぼくは嬉しくなって
会う人みんなに優しくしていると
ある日ぼくの世界が緑に包まれていった。
深呼吸しました。

18

運気を上げる

笑顔は笑顔を呼ぶし、やる気があればやる気が集まるし、
前向きに頑張ってると当然前向きな連中がやってくるし、
全力で取り組めば周りも全力になるし、
優しくしたら優しくされるし、
応援したらみんなに応援されるよね。
暗い顔してたら暗い顔が集まるから、笑顔で乗り切ろう。
運気は自分から上げていく。

19

味方の言葉

「あの、辻さんがさ、
なんか変なことして世の中にボコボコにされたとしても
自分は辻さんのずっと味方だからね」
と若い奴に言われたことがあった。
変なことなんかしねーよ、と笑ったけど、
その言葉がいまだぼくを励ましてる。
味方がいるって思うだけで、やっていける。
きついい時に思い出すと頑張れるね。

20

いつも好奇心を

ぼくが気をつけているのは、嫌われることより、
他人も自分も無関心になる世界。
好きだとか、嫌いって言ってるうちは気にしてるから意味がある。
でも無関心は終わり。
生きる上で無関心が増えると世界と無関係が増えていき
しまいに生きる意味さえ無意味になってしまう。
対抗するために好奇心を育てよう。

21

恩を愛で返せる人に

人間って、恩を感じたら、何倍も愛で、返せる人間でいたいよね。
恩を裏切りで返したらダメだ。
損得で、仲間や友だちを利用したらいけん。
恩を愛で返せる人間になりたい。愛だよ、愛——。

22

犠《ぎ》牲《せい》を強《し》いない

仮に誰かに期待されたとしても、
自分を犠牲にしてまでその期待にこたえようとすると、
人生がキツくなります。
同じように誰か他人に期待をして、
その人に犠牲を強いるのはその人の人生をキツくさせますから、
リスペクトしつつ、
お互い期待し過ぎず、
マイペースでぼちぼちやれたらいいですね。

23

普通が一番！

「八方美人は八方塞《ふさ》がり美人」

辻家の家訓の一つですが、

みんなに嫌われたくないと思うのはまぁ仕方ないにしても、

みんなに好かれたいは必ず無理が生じて

へとへとになるからやめましょう。

普通にしていたら、気づいたら仲間が増えた、というのがよかですね。

普通が一番！

24

憎しみより感謝で生きようよ

「ばかやろー」と言うと「ばかやろー」が戻ってくる。
「ありがとう」と言えば「ありがとう」が返ってくる。
人間って写《うつ》し鏡《かがみ》みたいなものだから、それは自分なんだよね。
「ばかやろー」より「ありがとう」がよくない？
憎しみより感謝で生きようよ。

Résumé
3

ありがとうの10の法則

1 ありがとうは気分があがる

2 ありがとうは必ず返ってくる

3 ありがとうで納得

4 ありがとうは未来志向

5 ありがとうは自分を素直に

6　ありがとうは怒りを鎮《しず》める

7　ありがとうはありがとうを連れてくる

8　ありがとうからの仲直りと出直し

9　ありがとうは友だち

10　まずはありがとう

第4章

Message de ma Mère

85歳の母さんから贈られた大事な言葉

1

死ぬまで生きなさい

ひとなり、死ぬまで生きなさい、と昔、母さんに言われた。
その言葉は今もぼくを強く牽引《けんいん》している。
今日、シャンゼリゼ大通りを歩いていたら、母さんの言葉が蘇《よみがえ》った。

2

母さんが若い頃のぼくに言い続けた名言

「ひとなり、よく食べて、よく笑い、たまに運動をして、はよ、寝らんね」

これは85歳の母さんが、若い頃のぼくに言い続けた名言です。

これに勝る言葉は生きる上でありません。

この4つの繰り返しによって人間は幸せになるんです。

3

母さんが教えてくれた大事なこと①

ひとなり。冗談は笑える範囲にとどめておきなさい。

批判は相手の人権やプライドを傷つけない程度にしなさい。

夢は実現できるギリギリに定めときなさい。

怒る時はしこりが双方に残らないようにササッと爆発しなさい。

約束は必ず守れることだけにしときなさい。

4

母さんが教えてくれた大事なこと②

ひとなり。友だちが成功した時、
自分のことのように嬉しかったらその友だちは親友だよ。
でも、めっちゃ悔しかったらその友だちはライバルだよ。
しかし、親友も大事だがライバルも重要な存在だ。
めっちゃ悔しいけど、俺も頑張ろうとその風に乗れる人間になりなさい。

5

優しさを忘れたらいかん

ひとなり。　なにげない言葉で人は傷つくものだよ。
わる気のない言葉の中に潜む悪意くらい怖いものはない。
無頓着に周りの人を傷つける人がおるやろ、
そんなのに絶対近づいちゃいかんよ。
傷つくだけだから。
人間は傷つきやすいんだから優しさを忘れたらいかん。

6

小さな幸せを喜びなさい

幸せだと思えることが、
幸せになる一番の方法なんだと、
うちの85歳の母親に教えられたことがあった。
自分は不幸だと思い続けていたら、
幸せは近寄らないよ。
ひとなり、欲張らず、
高いところばかり見上げてないで、
足元のことや家族の小さな幸せを
喜べる日々を生きなさい。
幸せが幸せを招くんだからね。

7

腹が立つなら、寝なさい

腹も立ちますよ、生きていれば当然でしょう。
うちの母さんはよく言うてました。
ひとなり、腹が立つなら、寝なさい。
人間、横になれば腹も立たなくなるからね、と。
まさに、その通りやと思います。
立った腹を寝かせてやってください。
つまらんことは無視して眠りましょう。

8

それは誰の人生か?

ひとなり。苦しい局面に立たされた時、
右に行くべきか左に行くべきかと迷ったら、
それは誰の人生かと自分に問うてみたらよか。
まず自分を生かす道を選ばな。
今、お前が生きとるお前の人生は誰のもんか?
自分の人生やなかか?
ならば、なんば遠慮しとっとか!

Résumé 4

母さんがぼくに教えてくれた大事な10のこと

1　しっかり食べなさい

2　しっかり悩みなさい

3　しっかり判断しなさい

4　しっかりした意見持ちなさい

5　しっかり気持ち引き締めなさい

6　しっかり寝なさい

7　しっかり働きなさい

8　ここぞという時はしっかりしなさい

9　死ぬまでしっかり生きなさい

10　しっかりと頼みますよ

第5章

Message de Hitonari

父ちゃんから息子へ贈る言葉

1

ぼくと息子

息子とはいろいろあるけど、ま、親子だから当たり前。
たまに、不意に寄り添ってくることがある。
年に3回くらい。
たまに、頭をゴシゴシしてやることがある。
年に1回くらい。
たまに、父ちゃんの仕事場に来て時間を潰す。
2年に一度くらいかな。
でも、いい関係だと思います。

2

子育てで一番大事にしてきたこと

子育てで一番大事にしてきたことは、絶対に誰かと比較しないということ。
アレックスより頑張ったなとか、ナタリーにはできたのにとか。
親に誰かと比較されるの、子供だった自分はすごく嫌だった。
だから周りと比較しないで息子くんを褒めたり励ましたりしてるよ。
これは子育てだけじゃない、人間みんなだね。

3

心配するな、大丈夫

息子が10歳の時、ぼくは毎晩のように、心配するな、と言ってた。
彼が11歳、12歳の時、思えば毎年、心配すんな、と言い続けてきた。
回数は減ってきたけど、
大丈夫、なんとかなるから、心配するな、と言ってる。
根拠はないのだ。
でも、心配すんな、明日は来る。

4

父ちゃんの子育ての基本

自分がされて嫌なことは絶対しない。
自分が言われてガッカリすることは絶対息子にも言わない。
でも、自分がされて嬉しいことはしてあげたいし、
子供の頃自分が褒められて前向きになれたのだから、
同じように息子のいいところはどんどん褒めてあげたい。
これが父ちゃんの子育ての基本です。

5

息子との年齢差

なんと、息子とは、45歳も歳の差があり、
これはどんなに若作りしても縮まるものではありません。
若返る魔法もない父ちゃんは日々健康に気をつけながら、
頑張ってはいるのですが、寄る年波には勝てぬのか——。

6

キッチンは裏切らない

眠れなくて、今、キッチンにいます。
風邪ひいている息子はよく寝ています。
息子くんといつもキッチンで繋がってきました。
悲しい時も、ちょっと話が弾まない時にも、
そこに、キッチンがありました。
父子家庭のキッチン、ありがたい逃げ場なのです。
キッチンは裏切らない。

7

夢を、諦めない

夢とか仕事っていくつ持っていいの？
と小さい頃の息子に聞かれたことがある。
ぼくには夢がある、ずっと諦めたことがない。
息子が16歳の時、
ぼくは彼の背中と16歳の自分を比べたことがありました。
若い頃の夢、今も、まだ、追いかけています。
死ぬまで、終わらないもの。

8

言葉がけは大事だよ

うちは世界一小さな家族だけど、
たまに、稀に「ありがと」とか言われると、
やっぱ、気分上がるよ。
大したことじゃないけど、会社とか学校とか外でも、
なんかそう感じたら、ありがとう、って言葉にするだけで、
世界もほんの少し気分上がるんじゃないかな。
寄り添って生きているんだよ。
言葉大事に。

9

幸せとは何か？

世の中が気にするものって
数字だったりお金だったり結果だったりするけど、
負け惜しみじゃないけどさ、
数字やお金や結果だけ求めても幸せにはならないもんね。
大切な家族がいてさ、
笑顔があってさ、
温かいご飯食べれてさ、
今日を精一杯元気に生きることができたら、
それが一番だよね。

10

奇跡

考えてみればこの瞬間ここにいることも、
こうして世界と繋がっていられることも、
また今日をそこそこ無事に終えることが出来たことも、
なんだかんだ言ってもなんとか乗り切れてることだって、
心臓が動いてることや、
また明日がやってくることも、
息子の部屋から聞こえる笑い声さえも、
奇跡なんだよね。

11

「みんな」なんて幻

息子よ。
みんなが君のことを
どう思ってるのか気にし過ぎないことだよ。
他人の価値観にあわせて自分を変えたらいけん。
みんなに愛されようとするとクタクタになるよ。
みんなというイメージに騙されないことだ。
みんななんて関係ない。
一人一人人間は違うんだから、
みんなじゃなく一人と向き合いたいね。

12

相手の人格は否定しちゃダメ

息子よ。
怒るのは人間だものしょうがないと思う。
酷いことされりゃ仏の父ちゃんだって激怒します。
でも、どんなに怒っても相手の人格までは否定しちゃダメ。
お前の母さんデベソとか言っちゃそもそも関係ないお母さんに失礼。
怒る時は陰口じゃなく、本人の前ではっきり怒るべし。
スッキリさせたらよか。

13

受験生の親御さんへ

受験生の息子に夜食を作る。
しかし、部屋に持って行くと、「いらないよ」と言われてしまう。
でも、身体も大きな息子くん、勉強したらお腹空くだろうな、と思うから、
あの手この手で夜食を食べさせたい、父ちゃん。

同じ思いの親御さん、お互い頑張りましょう！

14

失敗は大きなチャンス！

たとえばチーズとか納豆とか絶対作ろうと思って作ったものじゃなく、
なんか偶然の産物というか、
ある意味失敗の中から生まれてきたものだろう。
失敗がないと人間は前進もない。
失敗は成功のもと、ってある意味間違いないわけだから、
息子よ、しょげるな。
その失敗は大きなチャンスのはじまりなんだよ。

15

息子の叱り方

生き方にも上手い下手があるように、
怒り方や、謝り方や、逃げ方とか、断り方とか、
勧め方とか、おだて方とか、
上手い下手があるんだろうね。
息子を叱る時、最近、ちょっとね、考えるようになりました。
どうやって怒るとわかってくれるかなぁ？

16

真に受けない

息子よ。
生きていると必ず何か言われる。
何かすれば必ず何か言われる。
いや、何にもしてなくたって文句を言われたりする。
頑張っても言われ、頑張らなくても言われる。
他人は何かケチつけたいんだ。
それをいちいち真に受けて落ち込むのは馬鹿らしくないか？
誰の人生だよ。
そんなのに関わってる暇はない。

17

親は子を想っているんだよ

息子よ。
面と向かって悪口言ってくる人の方が
陰口叩いてる奴よりマシだし、
言いたいこと言ってくる人間の方が
何も言わないけど何考えてるのかわからない人よりマシだよ。
うるせ〜なと思うかもしれないけれど
親ってのはうるさいくらいがちょうどいいんだっつの。
真剣に怒ってくれる人に耳を傾けなさい。

18

バアちゃんの教え

息子よ。
逃げるが勝ち、って昔バアちゃんがよく言ってたぞ。
無駄な争いを避けることは決して恥ずかしいことじゃないんだって。
自分が壊れそうだと思ったら即避難すべきだよ。
今日も精一杯やったんだから、
最前線から一時撤退してぐっすり寝たらいいよ。

19

待っちゃダメ

息子よ。
なんでがっかりするのかというと、どっかで期待し過ぎちゃうから。
待っちゃダメ。
待つ暇があるならすぐに次のこと始めなさい。
次のことが新しい希望を運んでくる。
忘れた頃にいい結果が来たら嬉しいし、
ダメなら次に向かってるからもう関係ないじゃん。
がっかりしないために、攻め続けたらよか。

20

悪口には近づかない

息子よ。

人間って集まるとそこにいない人の悪口が始まったりするんだけど、

父ちゃんそういう場所が苦手だから、

誰かの攻撃が始まったらさっと離れます。

悪口って邪気だからね。

父ちゃんには悪口言ってる人間たちの中に

邪気が溜まっていくのが見えるんだ。

悪口好きな人たちには近づかないに限りますよ。

21

一生懸命、子育てしてるけど……

ぼくはぼくなりに、一生懸命、子育てしてるつもりだけど、
まぁ、気楽に批判されるものである。
だから、珍しく飲み歩いてるのだ。ƪ(˘⌣˘)ʃあはは……。

父ちゃんだって生きている、
生きているからすねるんだ。

22

いつものように

いつものように息子は登校して
いつものように一人コーヒー飲んで
いつものようにツイートして
いつものように自分を励まして
いつものように口ずさみながら掃除洗濯をして
いつものように一人でごはんを食べたら
いつものように面倒くさがらず片付けて
いつものように感謝しながら生きているよ。
いつまでも。

23

告げ口に注意！

息子よ。

誰かが言った人の悪口というのはだいたい陰口になる。

でも、もっと良くないのはその陰口をわざわざ言われた本人にあの人があんたの悪口言ってたよと言いつけにくる奴らだ。

自分の不満のはけ口のために人の不仲をあおって面白がるのはいかん。

人の陰口を弄《もてあそ》ぶ善人っぽい人には気をつけなさいね。

24

立ち上がる時は

息子よ。
落ち込んでもいいけど、立ち直るのは早い方がいい。
気持ち変えたら引きずられないですぐに出発した方がいい。
辛ければ寝込んでもいいが、気力整い次第すぐ立ち上がれ。
立ち上がる時はただで起き上がるな。
せっかくだからなんか拾ってから立ち上がれ！

25

その時を逃すな

休める時に休み、
笑える時に笑い、
会いたい時に会い、
話したい時に話し、
忘れたい時に忘れ、
頑張れない時には頑張らず、
動けない時は動かず、
やりたくなった時にまたやって、
逃げたい時は一度撤退し、
今だと思う時は逃さず、
あらゆることはその時に委《ゆだ》ねてみるがよい。

26

毎日生きるということ

パリは朝の7時だよ。
昨夜息子と大げんかしたことを思い出したけどね、
おはよう、と言ったら
元気な、おはよう、が戻ってきた。笑。
朝ごはんだよ、と言ってサンドイッチを届けたら、
眠そうに、ありがとう、と戻ってきた。笑。
それが毎日生きるということなんだよね。

皆さまが良い一日になりますように。

Résumé 5

父ちゃんからのススメ　8つのポジティブ

息子よ

1　人間、苦しい時こそポジティブ

2　もうダメって時こそポジティブ

3　悩んだらポジティブ

4　迷ってもポジティブだ

5　悪口飛んできたらポジティブで跳ね返し

6　誹謗中傷をポジティブで鯖折りに

7　常にポジティブな方を選択して

8　どんな時もポジティブであれ

父ちゃんからのススメ

第6章

Message de Hitonari

父ちゃんの座右の銘
「誰の人生だよ」

1

空を見上げよう

死にたくなったら、ぼくは必ず空を見上げます。
晴れていても、降っていても、
必ず、空はぼくを励ましてくれます。
死にたいと思ってもいいから、生きてください。
空を見上げましょう。
その一生は自分自身のもの。
はばかることなく、生きましょう。

2

新しい気持ちで出発！

憎しみや恨みや怒りをいつまでも抱えて生きても、
何もいいことはないから、今日、捨てちゃいましょう。
親しみや喜びや愛情を抱えて生きた方がうんと幸せだから、
今日、新しい気持ちで出発しましょう。

3

前向きな口癖

「疲れた」が口癖より、「めっちゃ元気！」がいい。
「最近、老けたわ」より、「絶好調だぜ」がいい。
「もうダメだ、死ぬ」より、
「問題ない。精一杯生きたる」が口癖の方がいい。
絶対、そっちの方がいい。
「ありがとう」と素直に言える自分でいたい。
人生大変だけど、前向きな口癖で、豊かに生きたい。

4

まず、君が幸せになろうね

君に与えられた人生が、
時に家族や両親や子供や会社や地域や恋人のために
生きなければならないにしても、
それ以前にその人生は君自身のものなんだよ。
人のために生きるのは素晴らしいことだけど、
周りの人も君が君の人生を充分楽しんでいる姿に
励まされたりするものだから、
まず、君が幸せになろうね。

5

父ちゃんの小さな生き甲斐

毎日の食事が生き甲斐です。
美味しいものを作ることが出来る毎日を幸せと呼ぶことにしています。
明日も美味しいもの作ってやる、と思うのが最近の希望です。
あまりに小さなことで、笑われそうですが、
お米を研ぐことにも生き甲斐感じています。
明日も美味しく炊きたい。

6

父ちゃんがよく呟く10の言葉

1、携帯がない　2、携帯はどこや
3、やれやれ　4、今夜なににしよー
5、あのやろー　6、眠れない
7、コーヒーでも飲もうかな　8、ちょっと本気出すかな
9、時間がない　10、やっぱ携帯がないわ
それでも、携帯は必ず見つかり、
それなりに、前向きに生きてます。よっしゃ！

7

とほほ……

ちょっと、カッコつけなきゃならない場面があり、
はったりかましてカッコつけて、
タバコ吸えないのに、エアータバコで、ワルを演じた父ちゃん、
今は腰が超痛いっす。とほほ……。

8

また寝られない午前4時

また、寝られないで、天井見上げてました。
4時過ぎてるのに。
たまに、なんで生きてるのかわからなくなる。
隣の部屋で寝ている息子が幸せになれば、と思う。
めんどくさくて死にたいと思う瞬間もあるけど、
次の瞬間には、いや、生きなきゃが出てくる。
その繰り返し。
死にたいと思ってもいいから、生きたい。

9

期待すんな、固《こ》執《しつ》すんな

思い通りにならない感じが見えてきたらすぐに
「期待すんな、期待すんな、期待すんな」

と自分に言い聞かせます。

道はいくらでもあり
「固執すんな、固執すんな、固執すんな」

と自分に言い聞かせます。

そうするとしがみつかないで済むから苦しくありません。

長い人生だからね、期待すんな、がいいですよ。

10

よく考えてやめるときは

よく考えてやめたいと思うなら、
我慢してやり続ける意味はありません。
ストレス増えるだけで人生が摩滅《まめつ》します。
やめるのを卑怯と言う人がいますが、
勇気がないから一緒に地獄に行こうという道連れ的発想に過ぎず、
あなたの人生は最終的にあなた自身のものだから、
一切気にする必要ありません。

11

変わり者

みんなと同じだと批判されないのに、
みんなとちょっと違うとめっちゃ批判される、この世界。
でも、みんな一緒の統一された世界だと、
父ちゃんなんか絶対生きられないよね、変わり者だから、あはは。
変わり者の皆さん、応援してるよー。えいえいお〜！

12

もしも選ぶなら？

もしも、今日、どっちにするかで、悩む場面に出くわしたなら、
すぐに成果が出なくとも、
あなたがいずれ幸せになれそうな方を選んでください。
もしも、分かれ道に出くわしたなら、
あなたがいつか希望が持てそうな方を選んでください。

13

今この瞬間を生きたろう

時間がないと嘆く気持ちはわかるけど、
ならば、今この瞬間の、一秒一秒を大切に生きてやろう。
もう間に合わないと焦る気持ちはわかるけど、
間に合わないと悩んでる時間がもったいない。
やれるかやれないか、今は誰にもわからない。
ならば、この瞬間を精一杯生きたろう！

14

誰の人生だよ

父ちゃんは悩んだら、誰の人生だよ、と呟く。
他人に文句言われ挫けそうになったら、誰の人生だよ、と呟く。
卑屈になって負けそうになったら、誰の人生だよ、と呟く。
とにかくいつでもどこでも、誰の人生だよ、と自分を叱咤《しった》激励《げきれい》する。
そうだ、ぼくの人生だから。

15

スルーの10ヶ条

腹が立ってもクールにスルー
いちいち相手にせずスルー
小さなことはスルー
ふざけんなでスルー
抱え込む前にスルー
他にやること山ほどあるしスルー
敵の思う壺にはまる前にスルー
時間は有限だからスルー
悪口陰口誹謗中傷即座にスルー
誰の人生だよ、スルーでしょ

16

ケセラセラで行こう！

今日はかなりくよくよしてましたが、
くよくよしても始まらないじゃん、
と立ち止まってショーウィンドウに映った自分を叱咤激励してたところ、
ウィンドウの向こうにいた売り子さんに笑われた。あはは。
ま、ケセラセラ（なんとかなるさ）だね。
ケセラセラで行きます。

17

自分を好きになることから始めよう

いつも不思議なのは自分、
いつも頭にくるのも自分、
頼りにならないのも自分、
いつだって自分にがっかりし、
自分を再発見し、
自分と向き合い、
自分に泣かされ、
自分のせいで悩んでる。
でも自分なんだから、
自分を大事にしてあげて。
長い付き合いの自分を好きになることから始めよう。

18

人生、ガス抜きしながら

人生、めんどくさいことの連続ですけど、
ひとつひとつ、解決しながら、
少しずつ少しずつ、前進していくしかないですね。
たまに、逃げたり、軌道修正したり、怒ったり、
或いはふて寝とか、いいと思います。
ガス抜きしながら、乗り越えていきましょう。

19

幸せになる権利

幸せだと思う癖が、大事だと思うなぁ。
幸せだと思えるのはある種の才能だと思います。
自分は不幸だ、といつも思っているなら
それは悪い癖かもしれない。
どんな時にも自分は幸せに向いていると考えられる人間でいたいよね。
幸せに向かうことが何より大事だね。
幸せになる権利はすべての人にあるんだよ。

20

小さな小さな幸せ

ぼくはだからね、今は、出来るだけ
小さな小さな幸せを掬《すく》い上げるようにして生きるよう心がけています。
道端に咲く見過ごしてしまいそうな花みたいな幸せ、
だいたい足元にあるよね。
見つけてはあったあった、と喜ぶ今日。

21

命かけなきゃならないものなんかない!

一人で全部抱えなくていいです。
たまには逃げてもいいです。
なんならやめたって構わないです。
命かけなきゃならないものなんかないです。
ぼくは誰がなんと言おうと
自分を犠牲にしてまでやる意味はないと思います。
そう決めて自分なりに前に進む毎日です。 よし。

22

生き難いと感じたら

生き難いと感じる時は毎日を丁寧に生きましょう。
部屋を片付け、
窓を開けて、
空気を入れ替えてみてください。
キッチンに立ち何か美味しいもの作ってみましょう。
周りにいる人に少し優しくしてみてください。
感謝すると気分が良くなります。
揉め事から離れて、自分の人生を大切にしてください。

23

自分で解決してみる

よく誰かに相談する人ならば、あえて相談するのを暫《しばら》くやめてみる。
相談し過ぎるとなんでも相談しないと解決できなくなるから。
他人は自分じゃないから、なんだって言えるしね。
大丈夫、最後は自分で解決できますよ。

24

必要最低限と必要最大限

嘘をたまにつきますが、必要最低限です。
たまに愚痴もこぼしますが、必要最低限です。
たまに怠けますが、必要最低限です。
たまに頑張りますが、必要最低限です。
たまに、泣き言言いますけど、必要最低限です。
しかし、夢は追いかけますが、必要最大限です。

25

誇り高く生きる

仕事とかで仕方なく頭を下げたとしても、心を下げる必要なんかないよ。
生きる上で仕方なく無理しなきゃならない時はあるだろうけど、
絶対、魂を売っちゃダメだよ。
誰にも支配されない人間であれ！

26

不安だから、頑張れる

不安があるのは人間だから、当たり前なんですよ。
びびって生きるくらいが丁度いいと思います。
びびりながら、でも、ここぞという時に、
思いっきりアクセル踏みこんだらいいんです。
不安がない人間なんていないですよ。
大丈夫、不安だから、みんな頑張るんです。

27

やる木を植える会

昔よく、やる気出せ、と言われたんだけど、父ちゃんは、やる気は育てるものだ、出すものじゃないと思ってました。

だから、やる気のことを、やる木、と呼んでたし、前向き、のことは、前向木、と書いてました。

出せと言われてもないものは出せません。

だからじっくり育てましょうね。やる木を植える会。

28

やる木を植える会、10の入会条件

1、力が出せない
2、自分らしさがわからない
3、無気力に支配されている
4、頑張り方がわからない
5、なんか元気が出ない
6、思い通りに人生生きられない
7、いつも無関心だ
8、ときめかない
9、パワーが欲しい
10、つい「ZOO」を口ずさんでしまう

29

一歩、一歩

世界は有限ですが、
人間の中には無限の可能性があります。
限りあるこの世界で限りなく生きましょう。
小さな前進が大きな扉をいつか開けるでしょう。
今日、また新たな一歩を踏み出しますね。
さ、一歩、また、一歩……、
着実が一番！

30

コツコツ亀さん

コツコツ生きる人生を小馬鹿にする人がいますが、
ぼくは気にせずコツコツやります。
一生は勝ち負けじゃないですよ。
気にしないで自分の道を貫いてください。
父ちゃんも気にせず貫きます。
うさぎより亀で結構。
自分の人生だから、他人なんかにわかるわけがないもんねー。

31

状況を良くする方法

いい方法があります。

「きっとなんとかなる」と自分に言い聞かせる方が、

「このままじゃダメになる」と考えるよりも

何倍も状況を変える力があるのです。

ものごとを悪く考えず、

なるべく楽しくなる、　良くなる方に考えていく、　生き方！　試してみて。

32

ストレスは、カプチーノで

パリに戻るとやはり、ストレス指数が増えてきました。笑。
ストレスにやられないように、頑張らなきゃ。
息子の進学問題など、父ちゃんを待ち受ける難題はまだ多し……、
今日はカプチーノで気合いを入れ頑張っております。

33

今日を乗り越えていこう

さ、悩んでもしょうがないし、
孤独でも生きなきゃならないし、
還暦過ぎの父ちゃんでも頑張るんだから、
皆さん、今日は気分を変えて
乗り越えていきましょう。
「為せば成る、為さねば成らぬ、当たり前！」

34

個性とは何か?

個性がないと先生によく言われる、才能が何かわからない、
才能とか個性がわからない、と若い人に聞かれることがある。
でも、それはみんなにある。
個性は他人と違うことじゃない。
あるがままの自分が才能であり個性なんだよ。
みんなにあるものだ。

35

せっかくですから

なんでも美味しい美味しいと言って食べると美味しく感じます。
どんな時にもドンマイドンマイで乗り切ります。
忙しい時こそお先にどうぞどうぞと言います。
せっかくですから死ぬまで明るく元気に生きたります。
めっちゃ眠たくても必ず歯を磨いてから寝ます。
いつもありがとう。
おやすみ、とんとんとん。

36

見ている人は見ている

頑張ってれば必ず誰かが見ている
意外な人がちゃんと見ている
コツコツやってれば必ず報われる
でしゃばらないでも大丈夫
見ている人は見ている
むしろ黙っていた方が大きく見える
周りは気にせず進んでください
自分を否定するから絶望する
自分を信じることが希望だ

37

バカにした人への最高の復讐方法

バカにされた人にやり返したいなら、最高の復讐は、
自分がめちゃ幸せになること。
逆に、迷惑かけたお父さんお母さんを喜ばせたいのなら、
あなたがめちゃ幸せになれば
ご両親への何よりの恩返しになりますよ。

38

あなたへ贈りたい言葉

いつも周りに、
お疲れ様、ありがとう、頑張ろう、と言ってるその言葉を、
たまにはご自分にかけてあげてください。
一番その励ましを欲しているのは自分なんです。
でも、誰も励ましてくれないから、
周りをかわりに励ましてしまうのでしょう。
そういうあなたへ
お疲れ様、ありがとう、頑張ろう。

Résumé
6

生きてください　7つのお願い

1　休める時にこっそり休んでください

2　たまには手抜きをしてください

3　笑える時は笑ってみてください

4　泣きたい時はどうぞ遠慮しないで泣いてください

5 逃げたい時には迷わず逃げてください

6 でも、死にたくなったら生きましょう

7 生きていてよかったと思える時が
必ず来ますから生きてください

あとがきにかえて「本書の活用方法」

ぼくは、60歳を超えて、気が付いたことがある。それをちょっとだけ、最後に記しておきたい。もの凄く、シンプルなことで、「なんだ、そんなことか、知ってるよ」と笑われることを覚悟で書く。まず、人間はだいたい一人でこの世に生まれてきた。しかも、泣いて生まれ出てきた。そして、死ぬ時にもだいたい一人で死んでいく。笑って死ぬ人もいるかもしれないが、最後の最後の瞬間は、思うに、笑うとか泣くという境地ではないだろう。死後の世界は誰も知らないというけれど、生まれる前にいた場所に戻るのではないか。どこからかやって来て、どこかへ行くのだけど、そのどこかが違う場所だとは言い切れない。

さて、生きている人間で死後や生前の世界で生きた記憶のある人はほぼいない。完全に否定しないのは、全人類と面接したことがないからだ。ともかく、生まれて死ぬまでのことしか人間にはわからない。生まれた時の記憶を持っている人もいない。脳が発達して個性が生まれ、社会の規範の中で生きるようになり、我慢をしたり、欲が出たり、人を愛したり憎んだり、自分の感情をこの社会の鋳《い》型《がた》に合わせていく中で、苦しみや絶望などを味わうようになる。自我が強ければ強いほど生き難くなる。それは悪いことじゃない。むしろ、人間らしい素晴らしいことだ。戦争中の思想弾圧下であろうと、地下室で小説を書いていた人はいただろう。書かないまでも、頭の中で自由の歌を口ずさんでいた者は大勢いただろう。

やがて、死が近づき、ぼくらはどこかへ逝《い》く。無に戻るのだと思う。そこからやって来て、そこに戻るのが一生ということで、とすると、今は「無」ではない。ここには実は限りない可能性が広がっているのだ。ぼくは生きている限り、この可能性を味わい尽くしたいと思って生きている。コロナ禍になり、ますます、その思いが強くなった。せっかく与えられたこの命を惜しみなく楽しんで、理屈はわからないし、わかりたくもないのだけど、この生を全うしたい、と思うようになった。こうやって考えていると、諦めるという概念が消えうせる。年だから無理とかいう発想も意味がなくなる。無ではないので、可能なのだ、と思える。このように、有限の世界の中で無限に生きようとする時にこそ、ぼくらは人間らしいのじゃないか。

どこからかやって来て、ぼくらはみんな生まれた。そして、いずれ、死ぬ。その死をただ恐れて生きるのは勿体ない。その時まで自分らしく最大限に可能な生に浸ることが出来た時、人生は全うされるのだと思う。そういう人生をぼくは生きてみたい。そう毎日思って朝を迎えている。さぁ、今日も精一杯生きてやると自分に言い聞かせている。精一杯生きたら、とんとんとん、をして眠る。それ以外の野心や目標を持たない。

コロナが大流行して、はじめて経験したロックダウン中、ある種の絶望を味わい、毎日を丁寧に生きることだけ心掛けてきた。人間にはどうしようもないことが無限にある。そことは争わない。ぼくに出来ることだけを精一杯やるのが、ぼくの生き方なのである。

この本を、もしよければ、会社や学校への行きかえりの鞄の中に忍ばせてもらえたら、と思う。或いは、キッチンの片隅とか、ベッドのサイドテーブルの上などに、ひそかに置いてもらえるなら、筆者としては有難い。それで、もしも、ギスギスした気持ちになったり、苦しくて辛くて、もうダメだと思うようなことが起きた時など、手を伸ばして適当なページを捲《めく》って頂きたい。数ページ読んだら、胸の中心を指先で優しく「とんとんとん」とタップしてもらいたい。長い人生の一時期、一番きつい時を乗り越えるために、この本が活用されるなら、書いた人間として、こんなに喜ばしいことはない。

もう暫くの間、ぼくたちは同じ時代を生きてみよう。

２０２２年元旦　パリ、辻仁成

辻　仁成（つじ ひとなり）

1959年、東京生まれ。作家、ミュージシャン、映画監督、料理研究家と幅広い分野で活躍している。『ピアニシモ』ですばる文学賞、『海峡の光』で芥川賞、『白仏』の仏語翻訳版『Le Bouddha blanc』でフェミナ賞の外国小説賞を受賞。『十年後の恋』『真夜中の子供』『人生の十か条』『立ち直る力』『パリの“食べる”スープ』など著書多数。パリ在住。

Webサイトマガジン「デザインストーリーズ」主宰
designstoriesinc.com

文春新書

1354

ちょっと方向《ほうこう》を変《か》えてみる
七転《ななころ》び八《や》起《お》きのぼくから154のエール

2022年3月20日　第1刷発行

著　者　辻　仁成
発行者　大松芳男
発行所　株式会社　文藝春秋

〒102-8008　東京都千代田区紀尾井町3-23
電話（03）3265-1211（代表）

印刷所　理想社
付物印刷　大日本印刷
製本所　大口製本

定価はカバーに表示してあります。
万一、落丁・乱丁の場合は小社製作部宛お送り下さい。
送料小社負担でお取替え致します。

ISBN978-4-16-661354-0